아침달 시집

양눈잡이

이훤

시인의 말

그 많은 걸 보고도 또 보고 싶어 하는 당신과
양눈으로 보느라 아무것도 보지 못하게 된
당신에게

2022년 여름
이훤

차례

1부
어느 쪽이 더 잘 보이세요?

2부
술래가 눈을 가린다

3부
매혹당한 저 얼굴 좀 봐

4부
눈이 두 개여도 모자란 우리들

5부
증언

부록

1부

어느 쪽이 더 잘 보이세요?

양눈잡이 1

비행기가
밤으로 뛰어드는 동안

당신은 보고 있다

시간 반대로 재생되는 화면과 시간 정방향으로 구르는
구름의 뒷걸음질

강 같아

이제 숨이 잘 쉬어진다 입을 열지 않아도
타국어로 말하지 않아도

여긴 거울이 여러 개야
불리지 않아도 몸을 구석구석 살필 수 있지
우리는 몇 개의 국가로 이루어져 있다

승객은
자느라 식사를 놓치고
승객은 불을 켜 언어를 줍고 승객은

세금을

벌고 승객은 화장실 앞에서 팔이나 목이나 허리를 움직
인다 모두 다른 곳으로 향하면서

어디서든 날개가 보이는
이곳의 질서

지나온 폐허들은 앞주머니에 버려주십시오

승무원은 친절하고
승객은 몇만 빼고 화면을 보고

우리는 비행기 속
여러 방을 드나든다

이곳은 정원이고 여긴 숙소야 여긴 첫 번째 산책로고
저기에 두 번째 산책로가 있어
여기서는 운동을 하지

비행기 안에 사정이 이렇게나 많다

코를 꽉 막거나
하품하지 않아도 서로를
잘 듣게 될 즈음

도착할 예정

그곳을 마지막 집이라 부를 예정

다시는 여기 오지 않을 거야
아직 쓰지 않은 접이식 식탁과 강과 비행기가 몸에 많
이 남아 있지만

아침과 아침이 몸을 뒤섞는다

포개어진 자리는 한참 지나야 포개어졌다는 걸 알게 돼

낱개의 날개

닫힌 방에서
비행은 계속되고 두 사람 다시
푸아 푸아

모국어로 말해도 아무도 쳐다보지 않고

남지 않은 것들의 뒷걸음질

저기

얼굴이 보인다

🌙 기내를 여러 방으로 나누어 생각하면 폐소 공포증을 가진 사람도 비행할 수 있다. 이 중 가장 중요한 방
은 그가 자유롭고 기쁘게 드나들 수 있는 옆사람이다.

양눈잡이 2

저는 오른눈잡이인데 사랑할 때는 왼눈을 더 크게 떠요

오른눈잡이요?

네
오른눈으로 보고 듣고 다녀와요
어깨가 남는 곳도 오른쪽 그래서 사랑할 때는 왼눈으로
보게 돼요

혹시 운전하시나요

기분을 만회하고 싶을 때만요

선생님 그렇게 자꾸 돌아가시면 흐려져요
여기 두 막대 보이세요?
방금 원 밖으로 물고기와 사슴이 튕겨 나갔는데 어느
쪽이 더 잘 보이세요

아직 가리키지 않은 쪽이요

그때 거의 아무것도 보지 못했거든요 모니터 앞에서 그리 많은 시간을 보내고도 그 많은 문장을 쓰고도

직업을 자꾸 물어보는 사람에게 대답한다

어느 쪽으로 윙크하느냐에 따라 달라져요

왼눈을 감았다 오른눈을 뜨면
세계가 조금 내려가 있다
그 많은 걸 보고 그 많은 걸 쥐고도

소리 내서 가장 아래부터 읽어보세요

ㅎ　ㄱ　ₛ　!　ㅏ

틀린 걸 알면서 멈추지 않고 읽는다 조광판을 밟고 일어나듯

선생님
양눈잡이가 첫 문장을 어떤 눈으로 먼저 읽는지 아세요

그건 읽는 사람도 몰라요

그러시구나
아시죠? 눈이 두 개가 아니었다면 입체 영화 같은 건 보지 못했을 거예요

그러시구나
안경점이 남는 장사인 걸 누가 몰라

4시 50분

단체 여행 가는 악몽을 꾸었다

버스에서
우리는 일사분란하고 혼자
휴게소로 가는 길은 복사되고 붙여지고 복사되고 붙여
지고
계속 태어나는데
몸을 자꾸 나누는 돌과 산의 옆구리
그것이
입은 그물 드레스와

4시 25분까지 돌아오세요

잠에서 깨면 몸을 접었다 펴고 화장실에 가고 감자를
사고
덮을 옷을 찾고

처음에는 우리도 여기로 올 줄 몰랐어

모두 잘 때 잠들지 않은

사람이
휴게소에 내려 돌아오지 않는다

수백 마리 개미가 무리 지어 부지런히 하나의 집을 짓
는다

실은 각자의 집을 짓는 것

나는 개미였던 적이 없고
그럴수록 화창하게 웃어

어울리지 않는 사람들 사이에서 멀미를 참는다

밖은 화창하고
돌아오지 않을 걸 알면 잘해주는 게 쉽다

세 가지 소원을 들어주고 다시는 돌아오지 않는 지니

4시 50분에 고속도로를 한참 달리다 누군가 묻는다

그분 어디 가셨지

주소를 모르기 때문에 집을 외워버리는 사람이
복사되고 붙여지고 복사되고 붙여지고
복사되고

신앙 고백

무엇을 믿게 됐는지
오렌지의 언어로 이야기해봐

지금 손바닥에 채널이 몇 개 남았는지

믿지 않는다는 말의 농도를 기록하는 언어학자가
자신의 언어를 믿지 못하게 되면
어떻게 되지

이 집에는 포크와 나이프가 너무 많고
어제 쓴 시는
누구의 이야기도 아니고
뜯지 않은 초콜릿이 주머니에서 녹는다

처음 만난 타인과 식사하다 들은 이야기가
십 년 넘게 묶여 있던 눈을
뜬다

설명하지 못하는 사람은 저가 무엇을 믿지 않는지 알게
된다

우리는 경이롭고 보잘것없지

다음 날이 되면

오렌지의
언어를 옮기는 일에 여태 실패하는
음악가가 음악을 만들고
화가가 그림을 그리고
무대에 가장 먼저 올라선 공연가가 가장 마지막에 내려
온다

당신의 입에는 귀가 몇 개나 있어

당신의 귀에는 입이 몇 개나 있어

포크와 나이프를 얹어 둔 냅킨이
움푹 파인 채로
서서히 무언가 믿게 된다

애인과 나무와 도마뱀

사철나무를 볼 때마다 파충류 같다고 생각했어

입이 좁고 가는 애인이 말한다

올해는
봄이 기어가는 보폭이 넓네

듣던 이가 생각한다

살이 보이지 않을 만큼 목을 싸매고 반짝이는 검정 기
모 내의를 입은 사람이
침대에서
미끄러져 다음으로

다음으로

잎이 가는데 왜 더 많은 힘이 들까
여러 개의 허리를 접으며 도마뱀이 생각한다

살과 가죽 두 개 다 갖고 싶어

새순이 손을 만나며 생각한다

애인과 나무와 도마뱀

척추와 마음을 이어

이끼는 너무 자주 밟히면 자라지 않기로 선택하고
어떤 시간은
자랐던 데서 다시 자라지 않는다

목도리를 벗고 기모 내의를 벗고 옆 사람이 물속으로
뛰어든다

집이 자취를 감추고

집이
나타난다

A STRANGELY TRANSLATED POEM
이상하게 번역된 시

CONGRATULATIONS
축하합니다

ON YOUR ONGOING SOLITUDE
지속되는 당신의 고무 지우개를

YOU WILL
당신에겐

HAVE MANY NIGHTS
충분한 이불이 남아 있지 않을 수 있어요

TO
REPLACE THE MOAN OF CRACKED PLATES OR
THE SILENCE OF TUESDAY 8PMs
　금 간 유년기의 탄식이나 서른몇의 저녁 8시가 초대하
는 침묵이

WITH ATTENTIVE EARS
대체할 포옹이

WITH A SOUND OF A NEARLY BROKEN CELLO
그들을 대신할 첼로의 소리나

WITH A RARE FULL HEART FOR SOMEONE
누군가를 마침내 아끼고 싶은 정성이

CONGRATULATIONS
축하합니다

CONGRATULATIONS
또 안타까움을 전해요

ON STANDING BEFORE POETRY
그럼에도 시 앞에 서게 됨을

STANDING INSIDE
바깥에서

THE CURTAINS, PERSISTENT AND WIDE

안을 기다리게 됨을, 집요하고 길고 비좁은 그 커튼 밖
으로

STANDING BEFORE THE OUTDATED FACES AND
THEIR NEWLY BORN WILLS
새 얼굴과 그 얼굴 앞에 서기로 하는 낡은 의지를

UNENDING
끝나지 않는 빈방에 입장하는데

CONGRATULATIONS
축하합니다

다크룸

불이 다 꺼져도 손은 보지

컵과 식탁과 의자 사이를 언어가 짓는 동안
이불과 베개
베개와 침대 사이를 짓는 동안

빛은 보지

장면이 있기 전 빛이 먼저 보는 장면

검은 벽과

검은 손을 잇는다 결국 사라지기 때문에 가능해지는

필름을 들어
작은 어둠을 개봉하면
튕기듯
태어나는 릴과 젤라틴 카펫

둥글게 자신을 꽉 안고 있는 기억

거치대에 몸을 넣으면 어떻게든 생겨나는 다음

불이 꺼지면

다음이 다음을 만든다

수세하고 현상액을 넣고 물을 붓고
안전해지고
어제와 지금이 이어지고

다 마르고 나면
옷과 살 사이에 식탁과 컵과 베개의 언어가

잘라내지 않은 자리에는 모든 사진이 있다

릴이 버려지고
문이 사라지고

벽은 이전을 볼 수 없게 되었는데

가능해진 사람들이 스위치를 켜며 손이 다른 손을 목격
한다

헝겊 살

잘 지냈어? 하고 쓰면 무슨 말인지 알겠다고 누가 안아
주면 좋겠다

방에
불이 꺼지면 팔과 팔꿈치 사이
딱딱한 살을 만진다

깁는 시늉

만져지는 게 없어 겁먹는다 살을 쥐고 있으면서

어둠이 가냘픈 내 영혼을 차지하지 못하게 하소서

헝겊 살에 헝겊 살이 닿는다

너 아직도 여기 있어?

의지와 의지
천장과 바닥
안녕과 안녕

연습해야 할 건 보이지 않는 우리가 연결돼 있다는 믿음

금요일에는 창문 청소 노동자가 아홉시부터 일하고

사내는
옷 하나 걸치지 않고
잠에서 깨
시간의 허벅지가
침대와 창문 사이에 박혀
나가지 못하는 걸
보고
오른손으로 그것을 밀고 만지고 치우다가
하늘로부터
내려온 창문 청소 노동자와
눈이
마주치는
그
그
그런
베리 디스코

야바위

사과 상자를 뒤집으면 구름이 떨어진다

거꾸로 시작되는 일들

안에서 일어나는 소동은 안에 있는 자들만 안다 사실은
전부
소동을 다르게 기억하지만

비에서 시작된 것들로부터 비가 쏟아질 때까지

밖에서 지켜보던 자들의 입술을 믿지 말 것

사람을 심었는데
사람이 나지 않을 때도 있다

균일하지 않은 마음의 질량

몸에서 온 동물이 마음을 배우기까지
몇 개의 산을 이동하는지

동물도 산도 모른다
모르기 때문에 계속 이동할 수 있다

안다고 말하는 것들의 몸을 신뢰하지 말 것

뒤집어 흔들면 아무것도 떨어지지 않는다

산이 말을 움직이고
말이 산을 움직이는데
뒤집어 흔들면 아무것도 떨어지지 않는다

마음이 사람을 갖기까지
몇 편의 시가 걸리는지

사람도 시도 모른다
모르기 때문에 계속 쓸 수 있다

세계의 질감에 대해
쓰던 사람은
이제는 안다고 말할 것 같은 저의 입술을 신뢰하지 못해

이 시는 여기서 끝난다

소년이 소년을

　나무 밑에 서서 바람이 이사하는 광경을 본다. 끝없이 태어나는 새 윤곽을. 나무는 온몸을 다해 움직이고 몸을 쓰지 않는 것처럼 움직인다. 나무가 나무를 안는다. 바람과 나무가 안는다. 살고 싶다. 두 팔이 나무를 덮는다. 깍지를 끼고 나무의 살갗에 귀를 갖다 댄다. 나무도 그것을 듣는다. 나이를 제법 먹은 갈비뼈를 쓸어 내리면 유년기 냄새가 난다. 나뭇가지 하나 들고 누울 자리를 찾던 소년이 오래된 자신을 건너편에서 본다. 소년은 머리가 짧다. 옆 동에 살던 수염 덥수룩한 아저씨는 지금 무슨 생각을 할까. 어떻게 숨 쉬더라. 어떻게 느끼더라. 한 번 느끼고 나면 자꾸 느끼고 싶어진다. 우리는 여태 그런 일을 한다. 여름잠에 든다. 세계는 고요하고 빛이 이사 오고 계절이 조금 지나간다. 얼마나 잤지. 너를 초대하고 싶어. 울창하고 싶어. 새 무늬를 갖고 싶어. 탐나고 싶고 탐내고 싶어. 눈이 감긴다. 어떻게 깨는 거더라. 오랜 잠을. 일어나면 무슨 요일인지 기억나지 않는다. 눈에는 새 소년의 윤곽이. 윤곽은 모든 것의 시작. 내가 몇 살이었더라. 무엇이었더라. 소년과 소년은 안는다. 소년이 소년을 안는 것이기도 하다.

도원결의

손가락을 튕기면
아무 일도 없던 때로 돌아간다

아무 일도 없던 때의 우리는 안전하고 고요하고
아직 아무도 아니다

하고 싶었던 말을 꼭 샤워 하다 말고 하는 습관

누가 들을까 봐 목소리가 커진다

다치지 않고 자라지도 않는 복숭아가
복숭아 되기까지 걸리는
시간을 서술하시오

시간에겐 버릇이 있다 곁눈을 가지게 된 사람에게 너그
럽고 잔인해지는

손가락이 튕겨지지 않자
아무개는 아무 개는 되기 싫다고 생각한다
개 말고 걔는 어때

안전하고 고요한 타인이 될 수 있다면
좋아 보일 만큼만 나를 알 수 있다면

 평생 가자는 말 같은 건 하지 않으면서

걔는 꼭 자기 하고 싶은 말만 하고 사라지더라

목소리 큰 사람이 떠나고
누구도 남지 않았을 때
몸에서 뻗어나는 버릇을 받아 적는다

축하해 곁눈을 갖게 된 걸

복숭아가 되는 데 실패한 씨앗이 복숭아나무가 되어 있
는 영문

아무 데에 와 있다 우리

시간에게도 손가락이 있어서겠지

저가 한 일을 들킬까 봐 일부러 빠르게 지나간다

2부

술래가 눈을 가린다

캐치볼

누구의 잘못도 아니야 네가 지나치게 슬픈 사람이었던 것도
내가 기분을 잘 알아차리는 편인 것도

앞서 가도 느긋하게 걸어도
이름 부를 때
자주 다른 곳에 있었다

쉽게 짧아지는 사람과 긴 마음을 염원하는 사람이 번갈아가며 실망한다

누구도 수건을 몰래 두고 가지 않았는데

술래가 되어 술래를 만들고

눈빛이 눈빛을 살리고 눈빛이 눈빛을 놓치고
고요가 침묵을 시작하고
침묵이 고여
곰팡이

문에서 새로 태어나는 수건이 문만큼 쌓이면
집이 떠난다

타인이 타인을 지을 수 있다고 믿었던 시절이 끝나고

또 타인을 초대하고

지어지고

이름 부르고

확인하고

지워지고

헐거워져

바람 빠진 공과
흐르지 않는 눈을 얻게 된 사람이 어느 날 스스로에게
묻는다

헤이, 아직 거기 있어?

술래가 그곳을
빠져나간다

아무도 공을 던지지 않는다

아무도 퇴장하지 않는다

토끼

Somebody I used to know

뛰었다

Did you jump? Jumped to?

그는 다치지 않았다 소리는 났는데 아무도 뛰지 않았으
니까

천장과 바닥만 바뀌어도 엎드려 있는 거야
혼자 있으면 생각나는 말들
누워 있는 사람이 말하다 말고 혼잣말인 걸 깨달았는데
계속한다

아무도 안 볼 때

토끼가 분주하게 엎드린다

의자가 남지 않은 곳으로

바닥을 짚고

가자미의 환호와 울분을 보았다

천장에서

두 귀를 세운 토끼가 말문이 막힌다

토끼는 두 귀 때문에 한 번도 깊이 자지 못했다

흉내 내듯 누워

뜬 잠

거의
모든 걸 들어 아무것도 듣지 못한
귀와
움직이지 않지만 분주해지는 발의
분홍

그런 곳에 치유가 있다고?

들어봐

Two ears, Two clocks, Two bodies

토낀다

겨울 주소

이 집에는 거울이 너무 많다
겨울에는 거울을 좀 치우는 게 좋겠어

거울에는

한밤중 물 마시기 위해 눈 감고 거실을 가로지르는 사
람과
귀가 후 소포를 껴안고 기뻐하는 사람과
아침마다 같은 책을 읽으며 같은 부분에서 우는 사람이

산다

울다 말고 거울을 보면 거짓 고백이라도 한 것처럼 멈
추게 돼
나만 모르고 모두에게 기억되는 편지가 있다면

밤새 쓴 문장을 다음 날 소리 내어 읽으며

들어서고 또 나가고
들어서고 또 나가고

집에서

아무것도 걸치지 않은 사람이
겨울에 대해 운운하고

적신 수건을 널고 자면 아침에 눈가를 덜 매만지게 된다

티브이에서

몰래 쓴 일기들이 한 사람에게 쏟아진다

신원

건물 밖으로 뛰쳐나가면 사람들이 없어 좋았다

명함으로 악수를 건네는 손을 싫어하게 된 사람은 십만 원을 주고 만든 명함을 집에 두고 다녔다 그런 인사가 무서워 어떤 곳에서는 저의 일을 숨겼다 스스로를 먼저 무어라 부르는 사람들이

말을 뒤집어 스스로를 지우는 것 같았다

피아노 학원에 다닐 땐

피아노가 재미없었다 체르니가 40번이 될 때까지 체르니는 그저 해야 하는 일이었고 체르니를 마쳤을 때 친구들에게 소년은 마침내 체르니가 다 끝났음을 전했다 아이는 그 후로
피아노를 치지 않았다

치지 않으니까 앉아 있을 수도 있었다 그 앞에서 울 수도 있었다 무어든 갑자기 치고 싶어졌다

문이 닫히지 않는 연습실에는 아무도 들어가지 않았다

흑과 백을 오가는 일은
종이로

넘어갔고 소년은 청년이 되어서야

읽기 시작했다

읽는 일이 좋아 쓰기 시작한 청년은 가장이 되었다 가
장은 쓰기를 계속할수록 읽는 일이 기쁘지 않았다
읽기는 쓰기의 후방이 돼버렸다고
투덜거리다가

아무런 정말 아무런
표정도 없이 키보드를 누르는 자신이 무서워서 덜컥 더
는 쓰고 싶지 않을까 봐
그런 일이 무서워서

이응만 길게 누르고 있었다 연음처럼

○ ○
○ ○

스물일곱의 마음이 이동하던 속도로
지루한 신원의 리듬으로

아무 문장이나 적어보았다

타자 소리 타자 소리 타자 소리 타자 소리
타자 소리 타자 소리 타자 소리 타자
타자 소리 타자 소리 타자 소리
타자 소리 타자 소리 타자 소리 타자
타자 소리 타자 소리
타자 소리 타자 소리 타자 소리 타자 소리 타자
타자 소리 타자 소리 타자

오랫동안 아무것도 쓰지 못한 사람이
진절머리를 낸다

그런 기억을 명함처럼 써버릴까 봐 겁이 난다

작가라는 말 대신 쓰는 사람이라 말하고 싶다고 생각했
던 사람은
쓰고 있는데
쓰고 있는데

가만히 있다

무엇을 두고 왔는지 몰라 돌아간 후방에 잃어버린 게
아무것도 없고
이런 날은 차라리 기억하고 싶지 않아서
마음을 어떻게
지울 것인지에 대해 쓴다

유리에 비친 얼굴을 보며 걷다 보면
도착해 있다

건물 안으로 들어가면

모르는 아저씨가 나를 멈춰 세우고 주머니를 검사해야
한다고 신분증 좀 보자고 신분증이 없으면 명함이라도 보
자고 종이로 만든 건 다 버리고 왔는데 명함이라뇨 그런
게 언제부터 중요했습니까
　　주머니가 남지 않아 명함을 들고 다니지
않는다고 했다
　　그런 게 아무런 악수나 될까 봐 그런다고 하진 못하고

　　고장 난 커서처럼 서 있었다

　　그럴 거면 왜 썼습니까?
　　아니요 정말 그랬다고요 그때는 그랬다고요

　　아무것도 울리지 않았는데
　　잠에서 깬다

　　누운 채로 손가락에 힘을 꽉 주어 오므렸다가 편다

　　할 수 있는 일이 하나 줄었다가

다시 생겨난다

약력이 사라지고
애매한 친구가 사라지고
커서가 사라지고
아무런 악수가
사라진다

커서가 서 있다

엊그제 만든 약력을 한가득 쥐고 진절머리를 친 적 있
는 사람들이

급하게 밖으로 뛰쳐나와
서로의 신원을 확인한다

굿바이 코드

뒷자리에 손님

없이

귀가하는

택시의 속도로

지난 시절을

본다 나를

부른다 손님

처럼 누가

내려도 이상하지

않다 내리고

나면 멀리

있고 싶은

대륙 나는

어쩌면

자유롭고

외로운

옆 나라에서는

인사 없이 작별하는 게 예의라고

하던데

성실하게 인사

하는 사람들은

사실 어느

나라에서도

성립되지

않는 문법

다행인지

불행인지

국적이 다른

사람들이

저마다의 언어로

출입을 어떻게

하냐고

물어놓고

문을 열 줄

모르면서

대답을 듣지

않고 그냥

사라진다

굿바이

인사도 없이

Abstraction II

문을 열었는데

있어 손을 심고 물병을 얻고 가지 못한 콘서트 티켓을 찾고 자라는 커튼이

거기 너머로 들려온다

고양이와 사계절

어디로 움직이고 있어?

나는 여기 있었어 기어 다니는 바람으로

계단은 많은데 방이 없는 세계에서

짐작하지 못한 사정이 라디에이터 소리로 대체된다

피이이

이윽고 식사를 마친 사람이 건물을 빠져나와

택시에서 내려 이미 끝난 콘서트에 도착하고
고양이에서 빠져나와

손을 버리고
계단과 함께 접힌다

꾸벅

빛을 모방하는 데
실패한 커튼

한 사람이 없는데도 열린다

노 피싱 존

신문에 이제 태어나지 않는 물고기에 대한 문장이 떠다
닌다

기다렸던 광고는 도로에 가라앉고

거기서

담배를 문 사내가 작은 불씨를 먹는다

불을 먹는 동안

생각한다

우리가 마시게 되는 단어 수를 생각해보면

물에서 살 수 없는 건

당연한 일이야

아가미를 믿지 않아도

무어로든 숨을 만들 수 있다면

헤엄에 능숙해지면 잘 살 수 있다던 선배는 요즘 잘 사나

푸아 푸아

지느러미만 지느러미 할 수 있다고 믿는데도

그는

미끄러지듯 하루를 빠져나가고

신문이 익사하지 않는다

작년에 살던 물고기가 없다

무엇으로 내일을 만들고 있어?

오늘 쓴 문장을 한가득 들이마셨다가 내뱉는다

도로가 태어나고

불 꺼진 담배에서 밤바다 냄새가 난다

라스트 워드

근래에 무얼 했어요?

워드 플레이와 닭 튀김

빠지고 묻고 길어 올리고

선택하지 않은 곤경과
선택 가능한 유익 사이

얼마나 간편하니 얼마나 다행이니 타자가 있어서 우리
를 간과할 수 있다는
사실은
잊게 되는 질문과 다 잊고 나면 그제야
궁금해지는 몇 개의 말 우리를
지탱하는
그래서

어제 빠뜨린 문장이 오늘 몇 도로 익고 있나요

손으로 만지면

쥐고 있던 것들 사라진다

입에 맞는 말을 찾고 있다 우는 표정으로 튀겨지는 동안

친구의 선의가 폭력으로 이어지는 세계에서
모르는 이의 질문이 우릴 구원하고
애인이
손톱을 숨기기도 하는

어쨌거나 믿음과 말은 별개의 닭

말이 믿음보다 항상 작지

라스트 워드
그 닭이 당신에게 주어진 마지막 닭이라면?
어떤 플레이를 하나요
말과 몸이 전부인 세계에서

우리는
스스로 구원할 수 없고 구원이

말이 되기도 하지만 닭에게는 질문하지 않는다

마지막 플레이

곤경에 빠지고 또 묻고 새로 태어나 잠시 아무것도 아니게 된다

얼마나 운이 좋니 간과되는 우리는

증언 9

덜 마른 바지를 입고 볕에 누워

바삭해질 때까지 그리움을 말리는 사내를 보았다

3부

매혹당한 저 얼굴 좀 봐

사랑에서 시작되는 단상에서 시작된

눈빛이 끊임없이 돈다는 게 무슨 말인지 우리는 알지

매혹당한 저 얼굴 좀 봐

내쳐져도
하나의 목적으로 기다리는
못

매혹의 다리 어디

그런 장면에 다른 이름 붙일 수 있을까?

이리 끝나도 좋겠다고 생각한다
실외 조명 앞에서 사랑을 나누는 자들과 깨진 잔, 결기
그리고 탄식

거의 모든 것을 걸고
몇 번씩 죽는다

매일 새 눈을 갖게 되는 저 새들을 좀 봐

잘 살기 위해 몸을 비운 피리처럼

다른 사람이 되었구나

바라는 것이 많아 괴로웠던 적 있어?

까딱하면 약해지거나 과장돼 우는 꼴을 보이겠지만

응시는 내게 부치는 예언

발음되지 않는 동안에도

세계는 기다리고 있다 이동할 준비를 마치고

루멘

루멘

빛은

그런 길이로 측정된다 앞산으로 가는 길이 눈으로 뒤덮
였다

기억하지 못할 만큼 채집
되지 않을 만큼만
눈이 내린다

오늘 한 다른 일이 기억나지 않는다
섹스가 좋았다

루멘

광속의 단위

시간당 도착하는 빛의 양을 모으는 말 너무 빨라 발음
되지 않는 것들에 전부 이름 붙이고 싶어

( )

　우리가 태어나는 장면을 일일이 볼 수 없어서 너와 내가 이름 부르며 태어나고
　그릇이 쌓이고
　책상이 움직이고 번지가 바뀌고

　서로를 짓는 동안

　루멘

　스크린 안쪽으로 종일 눈이 내렸다
　거의 보이지 않을 만큼

　눈을 감으면 아직 받지 못한 편지가 모여 계단이 되고

　그곳을 오르내리는 동안

　봉투에 담겨 도착하는

그들의

(　　)

여긴

너무 밝고

깜깜해

어제로부터 몇 루멘 후의 이야기

서머 레인

어떡할 거야? 어떡할 거야? 어떡할 건데? 어떡할 거야?
어떡할 거야? 어떡할 건데? 어떡할 거야?

와이퍼가
위아래로 떠든다

비가 세계보다 무거운 날
비행을 포기하는 사람과
창을 닦지 않아도 돼 안도하는 사람

앞이 보이지 않을 만큼
세계가 무너지고 누군가의 편의대로 작동되는 것 같은

이런 날은

만난 적 없는 사람에게도
이해받고 싶다

편독되는 사람이 편독하는 자신에게 말한다

징그러워

눈을 보지 않는 인사
같은 자세에서 머릴 떼지 않는 섹스
자기 말만 하다 순서를 빼앗기는 표정
그런 데서
의구하고 또 절망하고 누군가 변호하는 우리

다시는

아무것도 쓰지 않겠다고 다짐한 사람이

집으로 가는 동안

와이퍼가
위아래로 떠든다

어떡할 거야? 어떡할 거야? 어떡할 건데? 어떡할 거야?
어떡할 거야? 어떡할 건데? 어떡할 거야?

눈을 보며 사랑하지 않는
우리가
떨어져도 깨지지 않는 말을 가져와 아무렇지 않게 사람
을 잇는 데 쓰고

세계는 비보다 무겁고

여름은

징그럽다

예언들

저녁에 친절했던 직원이 오늘 잘 잤으면 좋겠어
미나리 잔뜩 더 가져다준 그분 있잖아

개미는
온도에 따라 시간을 다르게 인지한다고
어느 작가가 썼다

3월 17일에는
조찬 후 한나절이 스위치처럼 꺼졌다 켜진다

1월 17일부터 3월 5일까지
십오 년이나 걸렸는데

탐하지 않는 사람에게 시간은 가장 빠르게 가

그것을 가장 필요로 하는 사람에게도

　어느 여름에는 동네를 지나가다 개미를 밟을까 봐 조마
조마 걸었다

수박을 반으로 잘랐는데
작고 친절하고 징그러운 말이 촘촘히 박혀 있었다

기다리던 전화가 오지 않는 택시 안에서
묻는다

아저씨 오늘 며칠이에요?

아직도 여섯시 오십분이야

안녕히 가시라는 말에 아저씨는 대답하지 않았다

안녕히 가세요

집에 도착하니 배터리들 꺼져 있고
길고 새파란 줄기가 어긋난 약속처럼 자라고 있다

루프

서랍을 열면

오래전 버리고 온 전축과 외투와 아파트 앞 시소
혈관만 남은 손가방

처음 산 사전

이름들

쏟아져 나오는

충분히 머물지 않았다면 그 시절을 끝내지 못했을 거야

서랍에 들어가 안경을 벗는다

잠기는 서랍

서랍을 열면

계절 비행

앉아 계실 때는 좌석 벨트를 매십시오

비행기 안에서 사랑이 끝난 냄새가 난다

이 계절에는 사람이 사람을 잃어도

의자가 접히고 무화과가 익고 볕이 마른다 그 사이로
들어서지 못한 것들이
　오래된 질문에
　골똘하고

우리가 끝나지 않았으면 좋겠어

마침내 자리에서 일어난 사내는 묻고 싶다

그다음은?

아주 많은 새를 보고
아주 많은 문장을 쓰고
안경을 낀 채 울고

해수욕을 하고
가구를 몇 차례 바꾸고

아끼던 누군가를 보내고 또 보내었는데 그때도
죽지 않으면

그날 같이 택시에 타길 잘했다고 말할 거야

여름이 끝나가니까

그러니까 오래 살아

비행기에서 경사진 산책로에 대해 쓰다 말고

좌석 벨트를 푼 그가 사라진다

몇 개의 이미지가
남자와
여자
허리춤에

세 번째 이름을 갖게 된다

의자가 접히고 무화과가 익고 볕이 흥건한 어느 여름의
일이다

등가교환

이제껏 모은 단어를 수납해둔 단어함을 열었는데 곳곳에

촛농뿐이다

열대야가 계속되고

인간은 녹지 않는 말을 찾고

초를 녹여 시를 쓴다
초가 귀중한 이 시대에

쓰지 않으면 전부 버려진다 스위치가 되는 비밀을 배우고 싶어

가르쳐주세요 어떻게 남는 질문이 되는지

실패한 대답들 몸을 대본다

삭제되는 문장이 밤마다 살과 살을 교환하고

해체하지 않아도 예뻐 너는

지금 질문한 거 맞지?

실패한 고백을 가지런히 모아 한데 위아래로 쌓아 두면
그것이 뒤섞이면
초와 얼음이 가득한 방에서

다음 날

카디건을 입고 목도리를 두른 채 내가 걸어나온다

실패한 나를 나에 대본다

촛농뿐이다

증언 11

어제는
울고 싶을 때마다 물을 한 잔씩 마셨다

다 마신 컵들을 창 쪽으로 뒤집어두고 잤는데

여름 내내 비가 왔다

4부

눈이 두 개여도 모자란 우리들

답장

1.

오늘 떠올랐던 얼굴을 생각하세요

방을 옮겨 다니며 그의 이름을 다섯 번 부르세요

2.

휴대폰 연락처에서
이름을 찾습니다

메시지를 누릅니다
보내고 싶은 말을 쓰고 보내지 않은 채 화면을
잠급니다

소리 내어 그것을 읽고

메시지를 지웁니다

3.

잘 받았는지 다음 날 문자를 보냅니다

4.

답장이 오지 않습니다

5.

안대에서 한 번
베갯잇에서 한 번
컵에서 한 번
램프에서 한 번
화장실에서 한 번

나의 이름이 들립니다

6.

전화기를 열면 이름은 그대로 있고 우리는
스스로를 가만두는 법을
배우고 있습니다

연락처에는 나의 번호가 저장돼 있지 않습니다

7.

두 사람이 같은 날 다른 방에서 빠져나갑니다

8.

비밀번호를 입력하세요

피에르

피에르는 주로 혼자 있거나
무언가를 읽는다

읽기 때문에 이곳으로부터 유보될 수 있다 책은 가장
현재형으로 달아나는 방식
  월말에 잡아둔 약속으로부터
  사람들이 자취를 감춘다

어디 가?

효용을 멀리하고 싶은 인간들이 연구자를 옹호했지

피에르는

혼자 있다 비생산적인 자세로 누워 책을 읽고

다크 초콜릿을 부러뜨려 반 개씩 입에 넣고 최대한

지연되기 위해 공들이고 있다

읽다 말고 방금 지은 얼굴이 저가 만든 것인지
어제 읽은 문장이 만든 것인지

더는 알지 못할 때

책은 피에르를 어떤 모양으로든 굴릴 수 있다

굴러가다 말고
저를 주워
피에르는
집으로 돌아간다

로리

로리,
보이지 않으면 그제야 사람들은 서둘러
자처합니다

로리,
오늘도 당신과 스티븐의 등 모두 지탱하고 있군요
스티븐도 그리합니까
그도 모든 당신을 지지합니까

로리,
아직 나는 무기력을 배우는 학생입니다
그것을 이해하기 위해 아무것도 하지 않고 있어요
무기력한 나와 성실해지는 나를 구분하려고
몇 달째 누워 있어요
지기로 하는 겁니다
한 시절의 친구들 사라졌고 한편 그걸 바랐습니다
저마다 서운함을 토로하겠지만
우리는 이제 정말 다른 사람들 같아요
나는 지는 것입니까?

로리,

토냐에게 연락이 왔어요

본인은 가르치는 일을 하고 싶지 않아졌다고

말하는 생활을 그만하고 싶다고

입은 하나이고 눈이 두 개여서

우리는 모자랍니다

둔덕에 누워 같이 보자고 했어요

보자고

침묵이

불편하지 않은 사람이 되자고

로리,

귀여운 것들의 귀여움을 알아볼 만큼만

분주하고 싶어요

누구도 해치지 않는 게으름으로

살고 싶어요

당신이 온다면 그런 건 중요하지 않지만

로리,

다릴 절뚝거리지만 언어는 두 발로 서 있군요

당신의 언어를 흠모합니다
흠모하는 사람께 건넬 수 있는 찬사는
좋아하는 노래를 틀어드리는 것이겠지요
오 분만 앉아 있어요
이 노래가 의자가 될 수 있길 바랍니다

답신을 보낼 수 있어 기뻐요, 로리
그 편지는 당신으로부터 오지 않았지만

이 편지에 대해
어쩌면 말하지 않게 되겠지만

세헤르

안녕

과거형으로 했던 말을 다시 하기

열세 시간 지나면
이곳에서 다시 만나

거기 밤아침에는
두 이름 모두 불러주는 사람이 있다

각자의 서재에서
두 언어와
두 자격과
모든 시제로 성취되는 우리

같은 노래를 여러 번 듣고 자책하지 않으며

머리끝까지 눈 쌓인 것도
모르고

까마득히 먼 데서 잠만 들면 그곳으로ㄴ

스필러

잠에서 깬 스필러가 침대에서 등을 말았다 편다
덜 뜯긴 스티커처럼
타자가 타자를 이해
하지 못한다는 믿음이
스필러와 몇 개의 기분을 지켰다

누굴 죽이고 싶을 때마다 잠을 잤다
잠에서 깨고 나면

다시 이 방에

낱개로만 이야기를 뜯는다

선의의 정량은 동의되지 않고 미워하기 싫어 쓰기 시작
한 사람은
모든 친절로부터 빠져나간다 그곳에는

약속도 없고

오해도 없다

첫 문장이 시작되지 않으면

다음 문장은 오지 않고

하나의 믿음만 가능한 곳에서

스필러와 사내는

잠시
동의된다

마이클 앤 미셸

미셸이 끝나가는데 마이클이 생각한다

살고 싶어

몸 안으로 도착하지 않는 박수를 버린다

미셸은 미셸의 앞이다
예약되지 않은 포옹을 기다린다
당신의 이름을 자격처럼 아무 때나 쓰고 싶어

마이클을 본다

물을 많이 쓰고도 자책 않는다 손님이 왔기 때문이다

손님을 보내면 마이클은 쓰기 시작한다. 다음 날까지 아무 말도 하지 않고. 이틀 치 대화를 소진한 남자가 고양이를 본다. 고양이도 남자를 본다. 여름이 끝나가는 중이다.

손을 뻗는 고양이. 어떤 환대. 마이클은 고양이를 보지 않는다.

발톱으로 소파를 긁는데 소파가 반응하지 않는다. 미셸은 혼자. 발톱을 다 쓴 고양이는 잠든다.

여름이 끝나가기 때문이다.

미셸은 고양이를 기다린다.

마이클이 거의 끝나가기 때문이다.

카터

크리스마스가 끝나면
먼 북쪽에서 자라고
남쪽에서 잘린 트리들이

끌려 나간다 집 밖에서

트리는 또 올 것이다
잘 다듬어진 4월의 의자로
목제 키걸이로 나무 키보드로
종이로

한 번도 읽히지 않아 머무는 사람과
여러 번 읽히고 버려지는 사람 중
누가 더 불행한지

카터는

생각한다

밖으로 잘려나간 몸에 아직도

죽지 않고 자라는

의지

이번에는 무엇으로 자라볼까?

옥사나

아직 살아 있는 엄마 무덤에 왔다

미리 써둔 시와
잘 기억나지 않는 당신 표정과
기록된 적 없는
이 대화가

전부 미리 자라고 있다

캐시

다시는 그렇게 못해

베어 먹은 여름의 껍질을 매만지던 젊은이가 생각한다

이 과일에서는
살 냄새가 나

캐시는 애인이 잠들면 눈 오는 언덕으로 미리 가 있다

돌아올 걸 알면 용감해질 수 있어

물병도 수영복도 통행료도 없이
한 시절을 빠져나간다

아무리 벗어도 꽁꽁 싸매도 결국 껴안게 되는 사람과

퍽

우리는 전부 미지의 인간을 품고 있다

방에 도착하기 전에는
앉을 곳이 없는데

문을 열어젖히면 새 떼처럼 앉아 있는 의지들

시간을 부러뜨리며 새근새근
캐시! 부르려던 참에

걸어 나가던 사람이 나가다 말고 의자를 찾아 거기 앉는다

이내 자신이 돌아올 걸 알기 때문이다

☾ 마르그리트 뒤라스

5부

증언

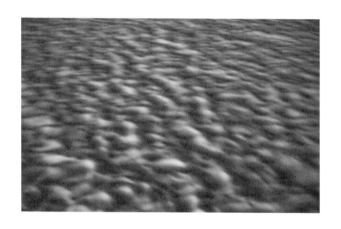

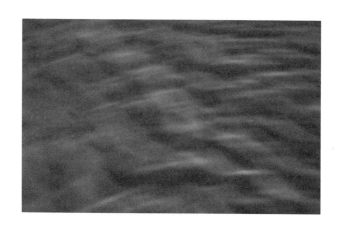

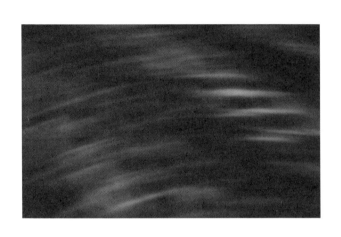

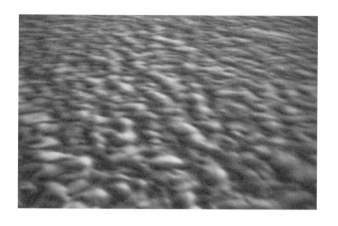

부록

찡그린 미간

돌고래는 눈과 눈 사이가 멀다. 얼마나 머냐면, 보통은 왼눈과 오른눈으로 다른 대상을 보고 있다. 두 눈으로 보려면 몸 전체를 돌려야 한다.

오랫동안 한국을 떠나 있었다. 간판이 전부 영어로 된 곳에서 한 눈으로 간판을 보며 다른 눈으로 한국어로 된 동네의 작은 가게를 애써 그리며 보았다. 없으므로 볼 수도 있다.

이 시집은 보는 이들에 대한 이야기다. 보면서도 더 보고 싶은 이들의 이야기인 동시에 양눈으로 보느라 보지 못하게 된 것들에 대한 이야기다. 늘 눈이 하나 더 필요했다. 시를 쓰며 사진을 찍게 된 것도 그래서다. 활자 언어가 불가능한 자리에서 사진을 처음 찾았다. 말할 수 없어서 보기로 하고 볼 수 없어 말하기도 했다. 둘 다 가능한 자리도 있었다. 어떤 날은 양눈을 뜬 채 아무것도 못 보고 지나가기도 했다.

두 공간 두 시간 두 국가를 주시하게 된 이후 나는 그런 자리가 어디에나 있다는 걸 알게 되었다. 안경점에서, 관광 버스에서, 비행기에서, 나무 앞에서. 그 이야기들은 화자의 언어로 다시 태어났다. 그리고 양눈잡이가 되었다. 보아야 하는 것을 보기 위해. 보고 싶으나 보지 못하는 것을 위해.

무엇을 보는지만큼 중요한 화두는 누구와 관계하며 보느냐다. 2부에 풀었듯, 함께 보거나 함께 보지 못하는 대상에 따라 우리가 어디에 도착하느냐는 달라진다. 두 눈이 더 멀리 가기도 하고. 소실되기도 한다.

가장 애정하는 사람 앞에서 유독 잘 보고 싶어지는데 그 이야기를 3부에 담았다. 사랑하는 한 사람을 갖게 되며 몸이 몇개의 자리에 동시에 갈 수 있는지. 이동하는 속도가 어떻게 달라지는지. 그동안 무엇을 보는지. 사랑만큼

두 눈을 변모시키는 것도 없다.

4부에는 몇 편의 편지가 동봉돼 있다. 여덟 쌍의 눈을 번갈아 뜨며 썼다.

당신은 무엇을 보는가. 양눈으로 보는가. 어느 눈이 무엇을 데리고 오는가. 무엇을 두고 오는가. 친구여 두 눈을 떴지만 늘 흰 방에 머물러 있다면 오늘 당신은 무엇으로 보는가. 손인가. 소리인가. 우릴 구성하는 타인인가.

아침달 시집 25

양눈잡이

1판 1쇄 펴냄 2022년 7월 29일

지은이 이원
큐레이터 김소연, 김언, 유계영
편집 송승언, 서윤후
디자인 한유미, 정유경

펴낸곳 아침달
펴낸이 손문경
출판등록 제2013-000289호
주소 03980 서울시 마포구 성미산로 153-16, 2층
전화 02-3446-5238
팩스 02-3446-5208
전자우편 achimdalbooks@gmail.com

© 이원, 2022
ISBN 979-11-89467-65-4 03810

값 12,000원